# Lazyखयाल का पिटारा

आशीष निगम

ISBN 979-8-89066-756-4

परिवार,
मित्र
और
धरती को समर्पित

# अंतर्वस्तु

# अंदाज

जानकार ना सही

पर समझने की कोशिश करता हूँ अक्सर,

क्यों ख़ामोश रहती हैं सच्चाई सब कुछ जानकर,

रोकना चाहता हूँ सच की ऐसी मनमानी

पर नादान दिल उलझा लेता है सुनाकर कोई कहानी,

लगता है जैसे यही है खुद से मिलने का कोई रिवाज,

कोशिश करूंगा ना भुलु अपने जिने का अंदाज।


सांसें जिंदा है अभी जिएगी समय की सारी इनायत,

आँखें भी देर से खुलेंगी करलु चाहे जितनी शिकायत,

मौका जरुर मिलेगा जब जी उठेंगे मेरे सारे शब्द

हिम्मत भरुंगा सोच में अपने होने नहीं दुंगा खुद को
निःशब्द,

तराशता रहुंगा अन्धेरे में भी अपनी आवाज

कोशिश करूंगा ना भुलु अपने जिने का अंदाज।

(आर्टवर्क) शेफाली निगम

# जिंदगी

शहर बढ़ा
हम भी बड़े हो गए,
आमदनी भी बढ़ ही गई,
पहचान का विस्तार हुँआ,
बस जंगल छंटा,
गाँव घटा,
यारों की महफ़िल घटी,
सहनशक्ति घटी,
और जिंदगी छोटी सी हो गई,
और जिंदगी छोटी सी हो गई।

# तारीफ

तारीफ तुम्हारी ना होगी मुझसे कभी,

माफ़ करना मिलते ही भुल जाता हूँ,

जो सोचा सभी,

कलरफुल हो गई है जिंदगी सारी,

ब्लैक एण्ड व्हाईट रह गई ये सोच बिचारी,

एक दरख्वास्त हैं हर मुलाकात से

ना समझना आँखें मेरी,

ना पलटने देना आवाज या एहसास पे उसे,

मिलकर टूट जाए दिल इस कहानी का भी

यही तो नहीं है गवारा मुझे,

एहसान है इस भीड़ में समझ आयी तुम,

वरना पहचान ही नहीं पाते कभी प्यार को हम,

एकतरफा, अधूरी, अनसुनी, अनकही ही सही

जिम्मेदार भी मैं ही, राजदार भी मै ही,

अब हर हँसी,

हर बात में उस नायाब दिल के लिए यही है दुआ हमारी

के 'खुश रहो तुम और खुशनुमा रहे अदा तुम्हारी'।

# सफर

जिंदगी के इस सफ़र में कई तरह के मुसाफिर चलते हैं,

कुछ लोगों का साथ लिए,

कुछ यादों का साथ लिए,

कुछ आदर्शों का साथ लिए,

कुछ धर्म का साथ लिए,

कुछ धन का साथ लिए,

कुछ प्रिय जानवरों का साथ लिए,

कुछ सामानो का साथ लिए,

और कुछ सिर्फ

कलम,

किताब और शब्दों का साथ लिए करते हैं सफ़र।

# गंगा

बहे जहाँ से निर्मल जल
पावन उ धरती मैया,
गंगा के तट पर भैया,
महके फूल, दिया, लोबान,
आस्था के रूप अनेक यहाँ
और जल में घुलें इन्सान।

# माफ़ करना

माफ़ करना साथ कुछ नहीं लाया हूँ
कुछ हँसी, कुछ बातें और कुछ यादें
लेने जरुर आया हूँ,
माफ़ करना साथ कुछ नहीं लाया हूँ,

घुल गया हूँ रिश्तों के महकते बाजार में,
छिपलेता हूँ कुछ पल इस मतलबी संसार में,
बहक जाता हूँ महफिलों के रंगारंग से,
भूल जाता हूँ किये जो वादे अपने मन से,
घोल लेता हूँ जज़्बात हर बयानी में,
मगन हो लिखता हूँ कर्म कहानी मैं,
यूं होकर भी ना होना तो रोज का व्यापार है,
ये जुगनू सी मुलाकाते भी मुझे लगती त्योहार है,
अब बस एक ही बात समझता हूँ के तोहफा ये पल है
इसलिए सिर्फ मैं ही आया हूँ
माफ़ करना साथ कुछ नहीं लाया हूँ।

# मन की स्थिति

मन पंछी बन राहों में उड़ना चाहें,

मन लेहरो संग कोई गीत नया सा गायें,

मन की दृष्टि में ना कोई भी बाधा,

मन कृष्ण सा है और चाहत इसकी राधा।

# फोन

जब फोन एक जगह था, हम हर जगह थे,

अब फोन हर जगह है, ना जाने हम कहाँ हैं,

ना जाने हम कहाँ हैं,

खेल वो भी खूब था जब चाल सिर्फ हमारी थी,

ले आये हमें करीब इतना जिसकी कीमत सिर्फ दूरी थी,

जरिया बन गए उन बातों का जो लगती थी अधूरी,

सच को मानो मुखौटा मिलगया आखिर गलतफहमी भी है
जरुरी,


आवाजो से बयां हो जाते थे जज़्बात सारे,

आज पढ़लो या देख लो समझना मुश्किल सा है,

ना जाने ये कैंसे इशारे,

बेशक ये आविष्कार बहुत ही अनोखा है,

पर संभल के चलिएगा जनाब,

क्युकी आज तो जा रहा है और

शायद कल एक धोखा है,

और शायद कल एक धोखा है।

# समय

समय तु सून रहा है ना?

आज कल की उम्मीद में बड़ी मेहनत कर रहा है,

छोटे कदम हर पल एक बड़ी छलांग लगा रहे हैं,

आँखे खोल सपने देखे जा रहे हैं,

ख्वाहिशें भीतर ही भीतर नज़्म गा रहे हैं,

जानकर कि तु (समय) सब ठीक कर देता है,

ये नादान कर्म किये जा रहे हैं,

समय तु सून रहा है ना?

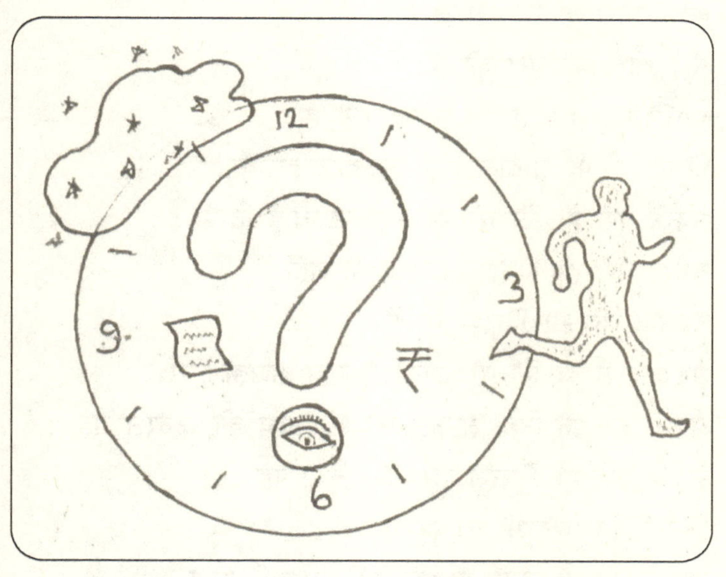

(आर्टवर्क) शेफाली निगम

# लफ़्ज़

कभी सोचा है कि लफ़्ज़ कैंसे हो,

मैंने थोड़ी कोशिश की है

इसलिए लगता है कि लफ़्ज़ ऐसे हो

जिसमें सिर्फ आवाज नहीं जज़्बात झलकें,

लफ़्ज़ ऐसे हो जिसमें डर नहीं सच्चाई दिखें,

लफ़्ज़ ऐसे हो जिनसे ख़याल ही नहीं

उम्मीद की भी किरण बिखरे,

लफ़्ज़ ऐसे हो जिनसे खामोशी नहीं समझ निखरे,

लफ़्ज़ ऐसे हो जहाँ ताकत को भी साथ की जरुरत पड़े,

लफ़्ज़ ऐसे हो जिनसे मुस्कान ऊँची रहे

और विश्वास कभी ना झूके,

लफ़्ज़ ऐसे हो जहाँ आतंक नहीं आजादी सजे,

लफ़्ज़ ऐसे हो जो दिमाग से थोड़ा कम

और दिलसे थोडा ज्यादा हो,

लफ़्ज़ ऐसे हो जो बुराइयों में भी प्यार की खूबसूरती मिलाये,

लफ़्ज़ ऐसे हो जहाँ

मैं कमजोर पड़े और हम जीत जाए,

यूं तो मधुरता हर जुबान मे है,

मेहरबानी अगर लफ़्ज़ों की हो

तो पल में माहौल बनते हैं,

अब बातें चाहे जैसी हो

अहमियत लफ़्ज़ों की है,

सोचना जरुर आखिर लफ्ज़ उन्मे कैसे हो।

# गागर

गागर मेरी भरी नहीं
मैं नदी किनारे बैठा हूँ,

कुछ हद प्यास बुझी मेरी,
देह मन भी तृप्त हुँआ,
स्वार्थ भाव से मुक्त हुँआ,
मैं नदी किनारे बैठा हूँ,

देख बहाओं की चंचलता
मैंने गागर मेरी भरी नहीं,
मैं नदी किनारे बैठा हूँ।

# खूबसूरत

क्या हुँआ अगर कदम चुक गए कहीं,

होने दो गलतियां यही बनाएगी तुम्हें सही,

बादलों का बदलना भी स्वीकार करो,

जिंदगी चाहें जो कहे,

खुदके लिए खुद ही जिम्मेंदार बनो,

पहचान अपनी जमाने से मत पूछो,

इरादों के संग मुस्कान कैसे बनी रहे ये सोचो,

शुक्र है समय का जिसने तुम्हें

जोरसे गिराकर फिर उठने का इशारा दिया,

खुशियां मुट्ठी भर पलों में है,

धुंध सिर्फ नजरिये में है,

देखो आइने में खुद को

खूबसूरत हो तुम जो डर समझ आए तुम्हें,

खूबसूरत हो तुम जो ख्वाब रोज जगायें तुम्हें।

# मानव निर्मित आपदा

एक समय बाद लगने लगा था

के इन्सानियत का भी परचम

लहराएगा जल्द ही,

पर इन्सान अपने स्वार्थ में डुबे

जाहिलियत का प्रदर्शन कर ही देता है,

अपने ताकत की चाहत में

अपने ही लोगों का खात्मा करने लगता है,

ये खौफ से भरा मंज़र

तेजी से हवाओं में ज़हर घोल रहा है,

दर्द, आँसू और ख़ून को वजह दे रहा है,

तरक्की और बदलाव की आंधी

बस बदलें की चादर ओढ़ सिसक रही है,

हर आपदा को महज संयोग मान जिया जा रहा है,

ना जाने असलियत क्या है?

ना जाने वजूद किसका रहेगा?

इतिहास के पन्नों पर

ना जाने कितनो के हिसाब होने हैं।

# श्रृंगार

हां गुमनाम है तेरा आज,

भले बोली में हो आवाज,

फिर भी रख खामोश अपने अल्फाज़,

आँखों की नमी ना कर बर्बाद,

निरंतर कर प्रयास,

तरक्की राह तक रही है,

तपन हो या बरसात,

ना छोड़ना जीत कि आस,

भले कुछ नज़र आज तुझ पर हँसते हैं,

कहते हैं ना समझते हैं, रख हमेशा ये याद,

मेहनत और खुशी से मिले आँसू भी श्रृंगार सा जचते है,

श्रृंगार सा जचते है।

# सांझ की हवा

बैठे थे कमरे के एक कोने में हम,

पेड़ पर लहराते पत्तों की खनक

खिड़की तक खिंच लायी हमें,

रास्ते पर बेहद खामोशी थी,

महसूस हुँआ जैसे सांझ की हवा कुछ कहने आयी थी,

एक गजब सा सूकून भी साथ लायी थी,

मानो जैसे वो नरम होकर सिर्फ शरीर ही नहीं

पर आत्मा से भी मिलने आयी थी,

भले ही कुछ पलों के लिए रुबरु हुई,

लेकिन तबीयत के साथ-साथ

अंदाज में भी खूश मिजाजी दे गयी,

हम शुक्रिया भी ना कह सके उसे,

अब चाहत यही है कि ऐसी ताजगी का फिर

दीदार हो और चारो तरफ संतुष्टी का बहार हो।

# मेला

जो लगे ख्वाहिशों का मेला कहीं फिर एक बार,

बेफिक्र होकर जरुर सारे झूलों में बैठूंगा,

पेशकश में रखे सारे ज़ायके चखुंगा,

दांव लगाऊँगा हर कीमती चीज पर,

कह दुँगा काउंटर पर बैठे हर शख्स से निडर होकर,

'मैं अब बच्चा नहीं रहा,

और जेब में मेरे रुपए भी है'।

# कुछ पल किनारे

दिल फिर कर रहा था कुछ बातें गहरी,

जब थी खामोश जुबान मेरी,

देख रहा था रेत और लहरों का मिलना बिछड़ना,

ढूँढ रहा था असलियत से छिपने का कोई नया बहाना,

नज़र रुकी एक अकेली झूलती आसमानी कमीज पर,

खुश थी वहां जुल्फे भी हवाओं के संग झूम कर,

सोचा इस गुलाबी चेहरे की भी होगी कोई कहानी

जो उसे थी दुनिया से छिपानी,

मुश्किल है अकेलेपन की ऐसी चमक को समझना,

मौसम की नन्ही बूंदो ने बतलाया

'ये कनक है स्वयंम समय का

आखिर बेकार बातों में भी क्या उलझना

अकेला नहीं आजाद हैं वो जिंदगी हर पल में जिए जो'

उम्मीद है फिर होगी ऐसी मुलाकाते,

खुद से खुद की कुछ अनकही बातें,

जाना अनजान हैं रास्ते सारे,

जब बिताये कुछ पल किनारे।

# पुदुच्चेरी

मौसम यहाँ मद्धम है,

समुद्र तो माशाअल्लाह,

बस खाने में नमक थोड़ा कम है,

लहरों में जुनून है,

रास्तों पर सुकून है,

सुबह की पहली दस्तक है यहाँ,

लोगों का मिजाज और अनोखा अंदाज,

धीमी यहाँ जिंदगी, एहसास बेहद खास,

भारत और फ्रांस की छवि संजोए

जैस कोई गीत गा रहा है,

राहगीरों को जीना सीखा रहा है।

(आर्टवर्क) शेफाली निगम

# ठहर जा

ठहर जा तू, संभल जा तू,
कह रहा है ये समा,
हां कह रहीं खामोशियां
ठहर जा तू, संभल जा तू,
समझले रुख़ का फैसला,
दिलों में कैंसा फासला,
यूं फिक्र क्यु लिए चला,
ठहर जा तू, संभल जा तू,

चल राज सारे खोल दें,
जो बात है वो बोल दे,
कुछ नहीं गलत सही,
जो मन से हो तो हो वही,
हां सत्य एक ही बात है,
तू आज है और कल नहीं,
ठहर जा तू, संभल जा तू,

खुलके हँसले फिर से यार,
मुश्किले होगी हजार,
इच्छाओं से तू कर प्रहार,
खुद की सुनले एक बार,
ठहर जा तू, संभल जा तू,
कह रहा है ये समा,
हां कह रहीं खामोशियां
ठहर जा तू, संभल जा तू।

# मोह

सुन आवाज लहरों की,

मैं समुंद्री पट्टी तक आ गया,

धस रहीं थीं रेत जहाँ,

और कट रही थी चट्टाने,

तेज गति हवाओं की,

मैं किनारे संग ही बैठ गया,

बात हुई जब लहरों से,

किनारे का मोह भी छूट गया।

# ये मन है साहब

ये मन है साहब, इसे सब चाहिए,

मैं चाहिए, तू चाहिए,

हम चाहिए, रब चाहिए,

ये मन है साहब इसे सब चाहिए,

नौ रसों का भाव चाहिए,

धूप चाहिए, छांव चाहिए,

शीत और अलाव चाहिए,

नफ़रत चाहिए, लगाव चाहिए,

प्रेम और घाव चाहिए,

ये मन है साहब इसे सब चाहिए,

अनगिनत आकार और प्रकार चाहिए,

क्या चाहिए, क्यों चाहिए,

सवाल चाहिए, जवाब चाहिए,

भूख और प्यास चाहिए,

ये मन है साहब इसे सब चाहिए,

आस चाहिए, ठहराव चाहिए,

प्रयास चाहिए, एकांत चाहिए,

रिश्ते बेहिसाब चाहिए,

बस एक मात्र नियंत्रण नहीं चाहिए,

ये मन है साहब इसे सब चाहिए।

# एक रात, एक मैं

एक रात,

और एक मैं,

कुछ पल में बीत जायेंगे,

बदल जायेंगे दिन के लिए,

फिर होगी रात,

फिर होगा कोई मैं,

पर ना होगी वो बात,

बदल जायेंगे हालात,

खो जायेंगे जज़्बात,

बस कुछ चीजें कुछ देर और रहेंगी,

यूं ही कुछ नहीं और सबकुछ की चिंता में,

कौन जाने किसके साथ।

# पीरियड/माहवारी

प्रकृति ने बनाया,

इंसानों ने परहेज करवाया,

ये कैसी कशमकश है,

झेलें भी औरत,

सहे भी औरत,

हफ्ते भर की व्यथा सुना भी न पाए,

सवाल भी न कर पाए,

जैविक प्रक्रिया समाजिक प्रथा बन गई,

ये कैसी है माया,

आखिर ये किसने रचाया?

# सुबह

चादर छोड़ बाहर तो निकलो

देखो सुबह मिलने आई है,

तत्व मिलाकर जल थल से

शुध्द हवा भी साथ लाई है,

हो जाओ मग्न इस मनमोहक वातावरण में,

करो रियाज़ या करो अभ्यास

मिले ताजगी हर प्रयास,

चादर छोड़ बाहर तो निकलो

देखो सुबह मिलने आई है।

# जनहित में जारी

आपकी मर्जी चाहे तो गौर करो,

खेलों, कुदों, रिस्क लो,

बस आज जिलों कल मरो,

सबकी मानी कुछ तो करो,

अबकी मानो मत डरो,

अफसोस की पोथी फाड़दो,

जो कहे दिल वो करो,

अन्त होना है सभी का,

होगा वो भी याद से,

भाईयों और बहनों,

मरो मगर प्यार से,

मरो मगर प्यार से।

# पहाड़ी स्नेह

बेहतर की तलाश में,

मैं रोज आज से मिलता हूँ,

सांसों के सहारे घर से निकलता हूँ,

ख्वाहिशों और जज़्बातो से

आँख मिचौली खेलता हूँ,

बिता कर कुछ लम्हे बेहतरीन लोगों के बीच,

धड़कन की सेहत ताजा कर चलता हूँ,

रंगीन दुनिया में गिरता हूँ, संभलता हूँ,

पहाड़ी हवाओं संग झूमता हूँ, सवरता हूँ,

कुछ नया जरूर सीखता हूँ

बेहतर की तलाश में

मैं रोज आज से मिलता हूँ।

# शादी घर

आओ सखि सब नाचे गाए,

धुन कोई मधुर बजाएं,

देख निकट साजन को अपने,

दुल्हन मन ही मन मुस्काए,

रफ़्तार समय की, बढ़ते कदम,

मिश्रित भावना, चंचल मन,

हुए अपने सब पराये,

बाबुल की भीगी पलकें दे नव जोड़ें को दुआएं,

कन्या धन सौंपे अपना,

कहे आपओं घर भर जाये।

# शहर

धुआं ओढ़ बस चलत चले ये शहर बिचारा,

खिसियानी सोच, मजबूर कदम,

रहे ख्वाब आवारा,

धुआं ओढ़ बस चलत चले ये शहर बिचारा,


प्यास बुझे नहीं, ना आस पुरी कहीं,

औरों के सुलझायें उलझन बकने दुलारा,

रंगीन नजारे, रोशनी दे सबको सहारा,

धुआं ओढ़ बस चलत चले ये शहर बिचारा,


चमक तले दबी आजादी,

खो रहीं पहचान बुनियादी,

ख़ून पसीना बेच के सींचें मंजिल का किनारा,

धुआं ओढ़ बस चलत चले ये शहर बिचारा।

# स्पर्श

अनगिनत रंगों का लगा है जमघट यहाँ,

फिर ना जाने क्यों फीका सा लगे ये जहाँ,

एक झोला,

एक किताब,

कुछ कपड़े,

कुछ यादें,

कुछ शरारत,

थोड़ीसी हँसी

और वो तुम्हारा स्पर्श,

सिर्फ यही तो साथ लेगयी थी ना?

फिर ना जाने क्यों फीका सा लगे ये जहाँ।

(आर्टवर्क) शेफाली निगम

# हिसाब

टूटी है चप्पल,

टूटें है ख्वाब,

ख़राब हो गई घड़ी,

और कपड़ों पर है दाग,

नज़रों में तलाश,

धड़कन में आस,

क्या कभी कोई करेगा मेरे प्रयासो का हिसाब?

# इल्ज़ाम

इल्ज़ाम कई लगे हैं मुझ पर

मेरे ज्यादा दोस्त नहीं,

कुछ कहते हैं भाई मुझे,

कुछ पुकारते हैं नाम से,

कुछ बुलाते हैं काम से,

कुछ गिनाते हैं खामियां,

कुछ आज भी ख्वाब देख रहे हैं,

कुछ चलते हैं साथ मेरे,

और कुछ के लिए मैं जिंदा ही नहीं।

# सच कहूँ

ये दौर कैसा आ गया,
मैं सच कहूँ तो क्या कहूँ?
सच में कहूँ तो क्या कहूँ?
अब तुम ही बताओ कि
चुप रहूँ या ख़ुश रहूँ,
सच कहूँ या ना कहूँ,

जो ख़ुश हूँ मैं तो दिल से हूँ,
जो चुप हूँ तो दिमागी हूँ,
जब शोर मचाओ तब सुन भी लूं,
जब बोलो तुम तब जवाब भी ना दूं,
सच कहूँ तो क्या कहूँ?
तुम्हारी कथाओं पर मिलती तालियां है,
हम कोशिश भी करे
तो डंडे और गालियां है।

# हास्य कलाकार का स्वर्गवास

उदासी को भी आये हँसी,

जब चले चुटकुलों से तीर,

किरदार कई रचे मंच पर,

राजा से लेकर फकीर,

तालियां और ठहाके दे उनको सम्मान,

अब तो परलोक में भी जमेगी महफ़िल,

कुछ नाराज देवताओं को भी हँसना पड़ेगा।

# धीरे धीरे

हर बदलते समय से,
बेशक कुछ सीख रहा हूँ
धीरे धीरे,

और जो कुछ सीखा था अब तक,
शायद भूल रहा हूँ
धीरे धीरे,

जीत रहा हूँ,
हार रहा हूँ,
बस यूं ही बीत रहा हूँ,
धीरे धीरे।

# दो शब्द

काफी है दो शब्द,
रूठने और मनाने के लिए,

दो शब्द ही काफी है,
असलियत और बहाने के लिए,
बिगड़ने और बनाने के लिए,

दो शब्द ही काफी है,
सच्चाई और बेमानी के लिए,
बिछड़ने और मिलाने के लिए।

# अगर मैं

अगर मैं यूंही रह गया

तो मैं रह नहीं पाऊँगा,

अगर मैं यूंही रह गया

तो मैं सह नहीं पाऊँगा,

अगर कुछ यूंही कह गया

तो ना जाने क्या कह जाऊँगा,

अगर मैं यूंही बह गया

तो ना जाने कहां पहुंच जाऊँगा।

# अकेले

अपनों के बीच रहकर

अगर हो अकेले तुम,

पंख फैलाकर उड़ चलो

हो जाओ एकदम अकेले तुम,

किताबों और शब्दों से करलो दोस्ती,

गैरों कि बस्ती में शायद

तुम जैसा कोई अपना खोज रहा हो।

(आर्टवर्क) शेफाली निगम

# सवाल

कई सवाल लेकर उम्र बढ़ रही थी,
बचपन ने सोचा एक उम्र के बाद
मिलेंगे कई जवाब,
था बेखबर की जवाबों के साथ फिर कई
अनगिनत सवाल मिलेंगे
और धीरज बांध इंतजार करना होगा।

# गाने

जिन गानों ने हमें प्यार करना सिखाया,

जिन गानों ने हमें लड़ना सिखाया,

जिन गानों ने हमें जीना सिखाया,

जिन गानों ने हमें खुद से मिलाया,

इन गानों को फिर टैक्सी के रेडियो पर सुनकर

कुछ पल के लिए ही सही,

लगता है जैसे हम कभी बड़े हुँए ही नहीं।

# कैसे करु नाराज इन्हें?

मैं खुद से कहीं नहीं जाता,
कुछ अजनबी मंजिले मुझे
अक्सर बुलाती है,
कहो कैसे करु नाराज इन्हें?

ये शरारती राहें मुझे चिढ़ाती है,
किनारे संग शाम पीना चाहती है,
हवाएं मुझ संग पहाड़ों का माथा चूमना चाहती है,
ओस की परत मुझसे लिपटना चाहती है,
सुनहरी सुबह बादलों को चीर
मुझे देखना चाहती है,
हरियाली की महक मुझमें घुलना चाहती है,
बुंदों भरी झरने संग गीत गुनगुनाना चाहती है,
चुनौतियों को मेरा साहस देखना है,
इन्हीं रोचक कारणों से घर छोड़ भ्रमण करता हूँ,
तोहफे में तजूर्बो का स्वाद मिलता है,
अब कहो कैसे करु नाराज इन्हें?

# खिड़की

के मिलने आती हैं

मुझसे शाम और सुबह इसी खिड़की पर,

पंछी, हवाएं और बारिश भी देती है दस्तक,

मैं देखता हूँ

तुम भी रोज तय समय गुजरती हो इसी रास्ते से,

ओ मेहरबां जरा नजरें तो उठा,

पायेगी मुझे तु भी इसी खिड़की पर।

# हो गई गलती

हो गई गलती
चल माफ़ मैं ने तुझे किया,
मत कर माफ़ मुझे तु
अगर तेरी यही रजा है,
जी लिया बिन तेरे भी
जिने में नहीं मजा है।

लाख जीता मैं हार गया,
धड़कन जीतना चाहती है तुझको,
अगर तेरी भी यही रजा है,
जीता दे मिलकर मुझसे मुझको,
जी लिया बिन तेरे भी
जिने में नहीं मजा है।

# ट्रेन्डिंग है

चलो अब बात करते हैं,
क्योंकि की ट्रेन्डिंग है
भले ही पिछले, अगले मुद्दे
रह जाएंगे पेंडिंग हैं,
व्यूज और लाइक के महा जंग में
हर कोई बना विशेषज्ञ,
साहुकार भी है,
भेड़िए भी है,
गुणवत्ता की बात करें कुछ लोग,
कुछ लोग ही असल यहाँ,
बाकी सारे खोखले,
निचले स्तर की ओर
जीवनशैली बेन्डिंग हैं,
चलो अब बात करते हैं
क्योंकि ट्रेन्डिंग हैं।

# एक थे

प्रायोजक भी एक,

रास्ते भी एक,

जुनून भी एक,

मंजिल भी एक ही जैसी,

महज़ कुछ फासलों के कारण

जो एक थे, अनजान हुँए,

कुछ नज़र,

कुछ नजरियो ने

बेकसूर एक रिश्ते को

सज़ा-ऐ-मौत क़रार दी,

वो उस तरफ थे

और मैं इस तरफ था।

# संपन्न

असली मुनाफा है सेहत,

असली सूकून है नींद,

असली ताकत है आत्म सम्मान,

रहमत से कमालों प्यार और इज्जत भी,

फिर इस संपन्न पृथ्वी के बाद

आप सा संपन्न और कोई नहीं।

# नाराज

नाराज हो क्या मुझसे?

समझ नहीं पा रहा मैं खामोशी तुम्हारी,

ना तुमने आवाज ऊँची की,

ना डांट लगाई,

ना तुमने आँखे बड़ी की,

ना जिद्द की,

अवश्य नाराज हो तुम मुझसे।

# पाँच या दस मिनट

बस पाँच या दस मिनट और,

कहते ही लगता था जैसे एक पुरी सदी बाकी हो,

बिताऐ कई घंटे,

कई दिन कम से लगने लगते थे,

सुरज के डुबने के बाद

तारों को देखने की इच्छा होती थी,

गुफ्तगू के बाद भी कुछ बाकी सा लगता था,

जाते जाते फिर मुड़कर देख लेते थे,

आखिरी वाली झप्पी का एहसास घड़ी को कोसता था,

मोहल्ले का कोना

मानो बाबूजी की जागीर सा लगता था,

यारी और रिश्तों में तड़के का काम करता था,

घर की डांट और बतकही का डर

कहीं खो सा जाता था,

नींद से निकलने का मन नहीं करता था,

महज कुछ मिनट और का सफ़र नवरसों से भाव ले आता था,

बचपन के यादों की ये धुन आज भी एकांत को मधुर बनाती है,

अब दरख्वास्त हैं उम्र से के

हर दिल अजीज पल में

मिले हमें बस पाँच या दस मिनट और।

# रात

ए रात

क्या तुम्हें भी अकेलापन सताता है?

जब नगर के सारे लोग सो जाते हैं,

क्या तुम्हें भी खामोशी सुनाती है?

जब नगर के सारे लोग चुप हो जाते हैं,

क्या तुम्हें भी अंधकार में दिशाएं दिखती हैं?

जब नगर की रोशनी मंद पड़ जाती है।

# हमेशा की तरह

वो आज भी खुबसूरत दिख रहे हैं
हमेशा की तरह,
हम आज भी दूर से ही निहार रहे हैं
हमेशा की तरह,

नज़रों की डोर से उम्मीदो की पतंग
उनके आंगन तक पहुंच तो जाती हैं,
पर इन रंगीन नजारों के बीच
हमारी कोशिश उन्हें कहा नज़र आती हैं,
अब बस प्रभु जाने की कब नजरें
मिलेंगी हमारी, रहेगा इंतजार,
वो आज भी खुश हैं
हमेशा की तरह,
हम आज भी उन्हें खुश देख
यूंही निहार रहे हैं
हमेशा की तरह।

# फितरत

लिखो कोरे कागज पर,
या लिखो काली तख्ती पर,
या इन्हें दो अपनी आवाज,
फितरत ऐसी
की ये हमेशा कुछ कह जाते हैं,
फूल भी ये, तलवार भी है,
बस देख भावनाओं का स्वरूप
कुछ पल के लिए ही सही
ये शब्द भी कहीं रूक से जाते हैं।

# प्रत्यक्षण / पर्सेप्शन

कितना जरूरी है एक बात समझना?

कितना जरूरी है अपनी समझ को कायम रखना?

कितना जरूरी है प्रत्यक्षण को अशुध्दि से बचाना?

आँखों में जमीं रेत सब कुछ नहीं देख पातीं हैं,

धर्म, धन और सत्ता की ताकत

निजी मतलब कि कहानियां बेच खातीं है,

परखना, व्याख्या करना भुल गए सारे,

इन्द्रियों से मिलते संदेश भी कमजोर पड़ गए,


थप्पड़ की असल वजह से ज्यादा

थप्पड़ की गुंज सामाजिक शोर मचा रही है,

कितना जरूरी है हर जगह अपनी नाक घुसेड़ना?

ऊर्जा, समय और ज्ञान खर्च करना,

क्या खामोशी ही परम आनंद है?

या

जानकारी से भरे इस युग में

प्रत्यक्षण व्यक्त करना।

# सोच

वो कल भी थे आजाद,
वो आज भी आजाद है,
जमीन की फ़िक्र इन्हें कहा
जो आसमान इनके पास है,

फिर खुद को क़ैद करे क्यों तू,
भस्म लगा खुदगर्जी का,
जो दिल और दिमाग तेरे पास है।

# चाँद

जैसे हिंदी फिल्मों में
लोग चाँद से बातें करते हैं,
आज देख चाँद खिड़की से
मैंने भी कुछ बातें की है,
कुछ शुभकामनाएं भेजी है,
मिलकर चाँद से एकांत में
बातें सुन लेना कुछ तुम भी
बातें कर लेना कुछ तुम भी।

# समझ

ये तुफान है
बस कुछ दिनों का मेहमान,
गर्दिश भरे बादलों को पहचान,
वक्त अपने गुल्लक से बेशक मोहलत
करेगा प्रदान,
इसी तरह इन्सानियत और समझदारी से डटे रहना,
हिम्मत और उम्मीद जरूर रंग लाएगी,
जिंदगी फिर उमंग भर लहराएगी,
जिंदगी फिर उमंग भर लहराएगी।

# काश

बहुत हुँआ बस बहुत हुँआ,

काश कहीं से कह दें कोई,

बहुत हुँआ बस बहुत हुँआ,

बेखुदी में निर्णय बहुत लिए,

बेवजह सी मौतें बहुत हुई,

अंजान सी रातें बहुत गईं,

बेबसी का मौसम खत्म करो,

ओ काल अब तो शर्म करो,

बहुत हुँआ बस बहुत हुँआ,

काश कहीं से कह दें कोई।

# कलेश

जब जीत लोगे,

कमा लोगे,

हासिल कर लोगे ज़हान सारा,

रंजिश के लिए जगह नहीं बचेगी,

कलेश की कोई ठोस वजह नहीं बचेगी,

तब चंद कटु शब्द ही काफी होंगे

कलेश, जंग या दुश्मनी के लिए।

# दिल

जो मेरी बात सुनती हो,

तो मेरा दिल भी गाता है,

बड़ा शातिर समझता था,

ये तुमको सब बताता है,

हुए मशगूल ये इतना तुम्हारी बातों में जामील,

मेरा होते हुए भी ये,

मुझ ही को भुल जाता है।

# चुटकी भर खयाल

ध्यान करो तुम सत्य का,
करो निडर हर काम,
करो तपस्या कर्म से,
संभव हो पहचान,
संभव हो कल्यान।

- - - - - - - - - - - -

मैं मुस्कुराता बेटा तब भी
जब मैं गम में था,
थोड़ा सा कम में था,
बड़ा ही दम लगा,
तब ही तो हम यहाँ।

- - - - - - - - - - - -

# चुटकी भर खयाल

जरा सी नजरें नर्म क्या हुईं,

ये मौसम आवारा लगने लगा,

जबसे हुँआ दीदार आपका,

हर लम्हा नजारा लगने लगा।

_ _ _ _ _ _ _ _ _ _ _


जिंदगी के कारवां में,

नफ़रत गुस्ताखी है,

नाराज़गी की भी माफी है,

लो मशवरा हवाओं से,

झरनों से और उड़ते परिंदों से,

जहाँ साहस ही साकी है।

_ _ _ _ _ _ _ _ _ _ _

# चुटकी भर खयाल

हर बात मेरी तुझ से जुड़ी है,
जज़्बात में भी कुछ हड़बड़ी है,
आखिर है क्या
कहना मुझे यूं तुमसे,
रहते तुम्हारे कुछ भी कह ना सका।

– – – – – – – – – – – –


साजिश है ये रात और सितारों की,
जो चाँदनी का दीदार हुआ,
इश्क की खुशबू से महका ये समा,
जब दो दिलों में प्यार हुँआ।

– – – – – – – – – – – –

# चुटकी भर खयाल

शहरों में लाखों की बस्ती है,
खुब सारी मस्ती है,
हर कदम पर दुनिया हस्ती है,
कीमती यहाँ चीजे है
और जिंदगी यारों सस्ती है।

—————————————

दर्द की आवाज जो कुछ सुनाई दे
तो क्या बात है,
दर्द की आवाज जो कुछ समझाई दे
तो क्या बात है,
दर्द की आवाज जो कुछ दिखाई दे
तो क्या बात है।

—————————————

# चुटकी भर खयाल

अपनों ने सिखाया हमें,
गैरों में अपना ढूँढना।

-------------

ए वक्त तुझसे भी क्या शिकायत करु,
तुने हर पल बदल के
मुझे खुद से मिलाया है,
शुक्रगुजार बनाया जिंदगी का
जिसने हर लम्हे में
मुझे मुस्कुराना सिखाया है।

-------------

# चुटकी भर खयाल

खुशनसीब है रंग सारे
जो तुझ पर सजकर सवर गए,
ध्यान लिए निकले दुनियावी,
देख तुझे सब बिखर गए।

------------

क्यूं है ये पलकें
झुकी झुकी
चहरे की हँसी कहीं रुकी रुकी
होटों को सही दिशा
फैलाकर तो देखो,
तबीयत सुधर जाएगी दोस्त,
ज़रा मुस्कुरा कर तो देखो।

------------

# चुटकी भर खयाल

जाने क्यों मेरी बातें सुनती तु,

मैं क्या हूँ और क्यों हुँ,

यही सोचूं दिन से रात,

जिंदगी सा मजाक ना करना तु,

मैं मस्त मलंगा हुँ,

मेरे सच्चे हैं जज़्बात।


।। धन्यवाद ।।

www.ingramcontent.com/pod-product-compliance
Lightning Source LLC
Chambersburg PA
CBHW022056150726

47990CB00003B/1107